超シルバー川柳

90歳以上のご長寿傑作選

毎日が宝もの編

みやぎシルバーネット＋河出書房新社編集部 編

河出書房新社

一冊丸ごと、90歳〜101歳の作者による「超」シルバー川柳傑作選！第4弾『毎日が宝もの編』です。

作者は全員、90歳以上の超ご長寿！　究極のシルバー川柳＝超シルバー川柳の傑作選、あっという間に第4弾の登場です。

初めてこの『超シルバー川柳』を発刊したのは、今から2年あまり前の2019年4月。ずっとシリーズで出している『シルバー川柳』の好評コーナー『90歳以上の川柳の部屋』では紹介しきれない作品が増えてきてのこと……。ただ、その後もこんなハイペースで「超シルバー川柳」本を刊行し続けられるとは全く予想もしていませんでした。皆さんに感謝!!

今巻では、日本全国からの90～101歳のご長寿、実に49名の方々の作品、計133句の驚き傑作をお届けします。

毎号ご好評いただいている「川柳達人ご長寿のインタビュー」、そして「懐かし写真館」「お便りコーナー」といった箸休《はしやす》めの読み物もお楽しみください!

シルバー川柳を通じて、皆さんの日々の暮らしに「宝もの」のような愉しい瞬間が増えていきますように。

＊本書は『みやぎシルバーネット』と河出書房新社編集部に読者から投稿された作品から構成されています。投稿者のご年齢は投稿当時のものです。作品の投稿方法は巻末の案内をご覧ください。

百才の元気な友とよくはなし

森下としへ（93歳）

元気すぎ
不思議がられ
バケモノか？

岩見弥生（92歳）

若い写真
信じられぬと
友は言う

狗飼艶子（92歳）

年問われ
少し修正
して答え

藤瀬誠二郎（90歳）

一日に
三度年齢《とし》きく
友が居る

藤瀬誠二郎（90歳）

五十肩
といわれてわたしは
まだ若い

山内賀代（90歳）

テレビ体操
見ておわったら
したつもり

山内賀代（90歳）

半《はん》呆《ぼ》けの
婆《ばあ》にもプライド
少しある

宮脇和恵（95歳）

寝て起きて
朝か昼寝か
とんちんかんかん

馬場加子（95歳）

認知なの
物忘れなのと
九十才

天野ハル（90歳）

百才の人の食欲まねしたい

森下としへ（93歳）

目が覚める
カリカリカリカリと
煎餅か

西村季芳（96歳）

正月の餅
小さく切って
のど守る

眞野昭子（94歳）

孫、曾《ひ》孫《まご》
年々増える
お年玉

木下昭二（93歳）

お年玉
配れる正月
早くこい

氏家さゆき（92歳）

次の足
どこへ降ろすか
杖《つえ》に聞く

藤瀬誠二郎（90歳）

初夢や
ハイヒールでの
宮詣り

宮井逸子（92歳）

体操をしてから起床老いの冬

白木幸典（91歳）

ヨタヨタも
横断歩道は
シャンシャンと

岩見弥生（93歳）

徘《はい》徊《かい》でないと行き先書いて出る

金丸典男（91歳）

おしっこに
行きたくてはいった
喫茶店

山内賀代（90歳）

九十爺
スポーツ刈《がり》で
さっぱりと

上杉義弘（90歳）

ばあちゃんは
手まねで話す
耳のそば

森下資郎（95歳）

コロナ外《そと》
コロナ外とて
豆投げる

宮井逸子（92歳）

節分の
豆食べられず
鬼にやる

森下資郎（95歳）

目を覚まし
あら生きていた
ひとり言

佐藤 勉（91歳）

寝床入り朝からしたことメモをする

波多野安子（96歳）

そばにいて
利こうな人は
すぐわかる

森下資郎（95歳）

そばに来て
はなしが出来て
ありがとう

森下資郎（95歳）

仏前で
話しかけては
共にお茶

木村美与子（96歳）

人の声
ほしくてテレビ
つけっぱなし

山内賀代（90歳）

第一声
電話でハモる
「会いたいネ」

氏家さゆき（92歳）

紙オムツ
はずせば肌が
深呼吸

山内賀代（90歳）

紙パンツ
はかない婆《ばば》は
尻自慢

久慈レイ（93歳）

右左《みぎひだり》尻あげ体操オナラ用

久慈レイ（93歳）

尿《にょう》意《い》から
我慢我慢を
鍛《きた》えられ

金丸典男（91歳）

九十二
五年日誌を
孫がくれ

白木幸典（92歳）

孫かわい
投げたボールに
腰さする

西村季芳（96歳）

困ったな
曾孫《ひ》の名前
浮かばない

木下昭二（93歳）

節約と
ぜいたく交互
高齢者

寺島八寸志（92歳）

年寄りは
貯金するより
貯筋です

千石 巌（92歳）

手相よし
金運も良し
なぜたまらん

松田瞭子（94歳）

ほうき持ち
すみのきれいが
むづかしい

森下としへ（93歳）

ゴキブリは
逃げてるつもり
向かってくる

山内賀代（90歳）

草むしり
ほめると花まで
抜くジジィ

波多野安子（96歳）

日に一合が
八日で空《から》の
一升ビン

白木幸典（91歳）

俺の物
生きてるうちは
ゴミじゃない

三浦 和（93歳）

無口でも
仲良し夫婦と
みんな言う

森下資郎（95歳）

荷物だけ
持たせて妻は
はるか先

金丸典男（91歳）

無農薬
食事のあとに
薬飲む

山本敏行（95歳）

クスリより
酒の力で
なおしたい

小田中榮市（90歳）

我が実家
ビルと道路に
変身し

渡辺健次郎（92歳）

亡き夫《つま》が
景色に惚《ほ》れて
建てた家

高橋スマノ（94歳）

生まれし家
良く学びし家
死を待つ家

須藤好敏（93歳）

達人インタビュー

歳を取って一番つらいのは目標が無くなり、希望が無くなること。私には川柳があります。

篠原伸江さん（92歳）

いつもこんな感じで一句。服はクルーズ船で買ったお気に入り。

体調を崩して最近、ショートステイという名目のロングステイになっちゃったんです。具合の悪い時にはありがたい施設ですが、元気になると途端に退屈で（笑）。施設では自分の時間がたっぷりあるようで無いことに気付かされました。コロナのせいで表に出られない、他の階にも行けない、今までの人生に

川柳を始めたきっかけは?

せんだいメディアテークという市民図書館のある大きな建物があるんですが、そこでシルバーネットを手にしたのがきっかけです。川柳はまったく未知の世界、初投稿は2012年12月です。

川柳を思いつくのはどんな時?

シルバーネットが来るとお題を拝見して、ビールなんか飲んでちょっといい気持ちになっている時なんかによみます。デイサービスでも時間があると考えて、言葉をメモしたりしています。

これからシルバー川柳を始めたい人にアドバイス

いろいろなことに興味を持つことでしょうか。本を読むことも役に立つと思います。ユーモアのセンスが全然ない私でも出来ますから、まずやってみることでしょうかね。

は無かった重苦しさを感じました。帰宅してからは二十四時間、好きな物を食べて飲んで好きな本を読み、幸せを感じています。

仙台空襲時、父が療養していた所へ爆弾が落ち、自宅も焼け、あぜ道で寝たりしていたため急速に悪くなって父は亡くなったんです。母は妹と私を抱えて未亡人となり、バラック

愛用の川柳グッズ

図書館からよく本を借りてきます。本が好きなので、語彙は豊富な方かなと思います。川柳は投句して終わり、終末期にとっておいても……。終活で写真もみんな捨てました。

小屋を建てて駄菓子屋を始め、妹が店を引き継いでずーっと続いたんです。苦労しながら母は女学校も出してくれ、そこで英語脳が鍛えられたらしく、東京や横浜で外資系の仕事に就きました。結婚はしましたが、子供ができなかったこともあってバツイチに。外国船に乗って東南アジアへは何度も行き、バルセロナも三回、オーロラも見に行きました。仙台に帰ってきたのは「(妹の住むマンションに)空きが出たわよ」と妹に誘われて。昭和の終わり頃です。その妹が五年ほど前に骨折。私が同居しながら介護するようになったんです。老老介護をやっている四年間は、川柳をよむ気にはなれませんでした。会心作『返したい　恩が重くて　腰まがる』は、順調な時じゃなく苦境の時に手を差し伸べてくださった方へのご恩に、歳を取って何の報いもできないなという思いでよんだもの。妹が倒れた時に手を差し伸べていただき、有り難かったんです。

実家の近くにあるマンションに住んでいます。眺めが良くてとても気に入っています。介護が必要になると、ヘルパーさんなどの出入りが多くなって、どこを見られても平気になりました。

昨年から川柳をまた投稿するようになりました。歳を取って一番つらいのは、目標が無くなって希望が無くなること。投稿が現在の私にとっては最大の楽しみ。お題をいただくと、頭の中にズーッとあります。民生委員の方もコロナで対面することはないのですが、「また入選おめでとうございます」とメモ付きでシルバーネットをポストに入れてくださいます。施設にいる妹への差し入れと、川柳の投稿が生き甲斐になっています。

会心の一作！

返したい
恩が重くて
腰まがる

【編集部まとめ】若い頃の洗練された日々が、どこか今も漂う篠原さん。子供や孫がいなくたって、好奇心とお酒を友に、年齢だって味方にしてユニークな作品を生み続けてください。

近くの図書館に行くのが日課。87歳までスポーツジムにも通っていましたが、今の趣味は川柳と読書だけ。コロナウイルスで図書館が閉まった時はショックでした。

脳トレに薬の名前言って飲む

佐藤　勉（91歳）

先生も患者に同情できる歳《とし》

小峰正治（96歳）

くすり飲み
きかぬと云《い》うと
年だから

渡辺健次郎（92歳）

健康じゃないとできない健康法

天野ハル（90歳）

みつけたよ
夫の臍《へそ》くり
うれしいね

高橋知杏（91歳）

年金があればあんたは要《い》りません

金丸典男（91歳）

戦時中
粗食《そしょく》のおかげで
長生きす

宮井逸子（92歳）

腹減って
育ったけれど
根性あり

高橋スマノ（94歳）

なつかしい
着物や羽織
ざぶとんに

森下としへ（93歳）

マスクして
話されても
聞きとれず

馬場加子（95歳）

甲乙を
つけるの無理な
マスク顔

白木幸典（91歳）

チャイム鳴る
マスク無い人
居留守です

日高千枝子（90歳）

白内障《はくないしょう》
思い出さへも
かすみがち

宮坂　正（97歳）

郵 便 は が き

恐れ入りますが
63円切手を
お貼り
ください。

1 5 1 0 0 5 1

(受取人)
東京都渋谷区千駄ヶ谷2の32の2

河出書房新社
『シルバー川柳』
愛読者カード係行

お名前	年齢： 歳
	性別： 男 ・ 女
ご住所 〒	
ご職業	
e-mailアドレス	

弊社の刊行物のご案内をお送りしてもよろしいですか？

☐郵送・e-mailどちらも可 ☐郵送のみ可 ☐e-mailのみ可 ☐どちらも不可

e-mail送付可の方は河出書房新社のファンクラブ河出クラブ会員に登録いたします(無料)。
河出クラブについては裏面をご確認ください。

ご記入いただいた個人情報は、ご希望の方へのご案内送付や出版企画の参考等に利用、ご感想は弊社の新聞・雑誌広告、HP等で掲載させていただくことがございます。ご了承ください。上記目的以外では使用しません。

愛読者カード『　　　　　　　　　　　　編』を読んで

空欄にお読みの書名(『シルバー川柳○○編』の○○部分)をご記入ください。

●どちらの書店にてお買い上げいただきましたか?

地区:　　　　　　都道府県　　　　　　　　市区町村

書店名:

●本書を何でお知りになりましたか?

1.新聞/雑誌(＿＿＿＿＿＿新聞/広告・記事)　2.店頭で見て

3.知人の紹介　4.インターネット　5.その他(　　　　　　　)

●定期購読している雑誌があれば誌名をお教えください。

●本書についてご意見、ご感想をお聞かせください。

聞こえてる
もしもしあなた
うわの空

西村季芳（96歳）

チョコレート
誰にやろうか
迷ふ婆《ばば》

中村佐江子（91歳）

医師の前
恥じらう患者
90才

吉田千秋（90歳）

あの世行き
ワクチン試して
からにしよ

篠原伸江（92歳）

マスク生地
年齢忘れ
派手ばかり

吉田千秋（90歳）

人並みの幸せでいい玉子焼

佐藤 清（93歳）

パン食より
ごはんで笑顔
朝一番

眞野昭子（94歳）

けいたいで
090のあと
なんだっけ

村田春枝（95歳）

また起きた
あなた何処《どこ》行く
認知症

西村季芳（96歳）

婆《ばあ》さんら
遠くでヌード
露天風呂

小林國男（98歳）

何才になっても消えぬ恋ごころ

納谷助男（92歳）

障子《しょうじ》張る
こともなくなり
換気する

篠原伸江（92歳）

食べて寝て
勝手に生きて
何不足

上野 豊（94歳）

お晩《ばん》酌《しゃく》
おいしくさせる
六千歩

白木幸典（91歳）

一人居《ひとりい》のコタツは侘《わび》しい一人じめ

山内賀代（90歳）

キャンドルの
ロマンどころか
地震の夜

篠原伸江（92歳）

遠い月や
芋づるイチゴ
食べ生きた

尾崎サカエ（90歳）

達人インタビュー

生後六カ月で口減らしのためヨソの家へ。辛い経験も財産、今は過去が良いネタだね。

宮坂　正さん（97歳）

足に人工関節を入れているので
セニアカーにもよく乗っている。

小学校の先生が文学青年で感化されたのか、詩なんか読むのが好きだったね。最近は歳のせいか、明日のことでなく振り返って過去のことばかり浮かんで川柳によんでいる。夜遊びが好きで酒も女も自由奔放にやってきたから、あん時はああだった、あの娘はどうしているかな〜なんて考えたり（笑）。

川柳を始めたきっかけは？

70歳でシルバー人材センターの会員になり、「会報の文芸欄に何か出しなさい」と言われて出したんだけど、毎回俺一人。俺のために作ってくれたのかな～と（笑）。それから続けている。

川柳を思いつくのはどんな時？

日中、今日の予定は、なんて考えながら、フッと浮かんで、パッと書いている。書き直したりすることはない。自分の気持ちを素直に出して、読んだ人にすぐ分かってもらえる川柳が良いと思う。

これからシルバー川柳を始めたい人にアドバイス

俳句や和歌は季語を入れたり雅やかな言葉を入れたりしなければいけないけど、川柳は何の制約もないから飽きないよ。お題を見てから３日も４日も考えるのはどうかな……、性格もあるけどね。

山形で生まれ、生後六カ月で口減らしのためヨソにやられた。もらわれた先の親父は、借金残して小学生の頃に蒸発。母親は腕に入れ墨を彫っているような人で気が荒く、叩かれたり縛られたり、おしんと同じ。でも、あれで良かったんだなーと今は思う。甘やかされて育つと、人の痛みって分からないから。

愛用の川柳グッズ

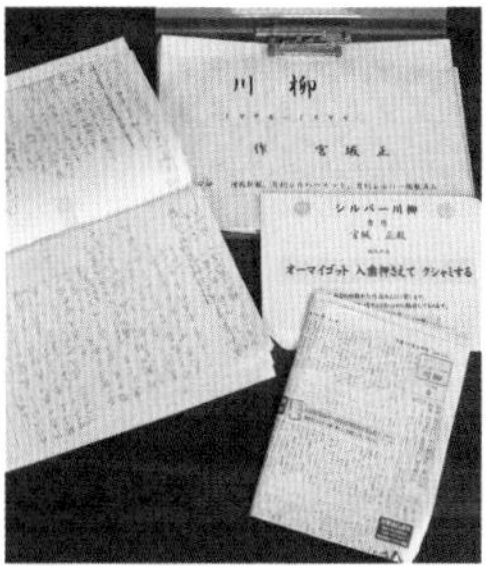

賞をもらった時の新聞や賞状はとっておいている。作品を書いているノートには、入選したものにマルを付けている。自分の作品が載った河出書房新社の本も買っているよ。

小学生の頃は早朝三時に起こされ、まんじゅう作り。旅芝居やサーカスが来ると、チンドン屋の先頭に立って旗を振ったりチラシをまいたり。近所の村の祭りでは、まんじゅうを売りに屋台を背負って露天商。同級生がいい着物を着て歩いてくると、隠れていたっけ。「おまえを可愛いからもらってきたんでない、年取って面倒みてもらうために養っている」と言っていた。養老保険みたいなもんだね。

小学校を出て国鉄、兵隊から帰ってきてメリヤス工場を始めたら物の無い時代だから大繁盛。二十三歳で結婚、好きな女の子もおったけど、婆さんの気に入った奴と一緒になった。寝る時は姑が真ん中の部屋で両脇の部屋に自分と母ちゃん、子作りは山の畑ですんの。第二工場まで持って我が世の春と思った時期もあったが、不景気になり倒産。編み物の教師として北海道へ渡り、やがて大工になったが、仙台に居た息子に呼ばれて七十歳まで仙台で大工をしていた。

孫が6人、ひ孫は4人。中学生のひ孫たちが来るというので、100円ショップで毛糸を買って帽子を暇つぶしに編んでいる。以前はパラグライダーやスケート、ゲートボールもやっていた。

投稿するようになって友だちが増えた。同じ団地から出している人がいるからね。「面白いこと書いてたね」って言われることもある。作らにゃならんと思って作っているわけじゃないから、飽きることはないね…。ただ最近は世の中を風刺ばかりするのではなく、当たり障りのないものを書くようにしている。母ちゃんの垂れ下がったおっぱいを川柳のネタにしたら、知らないおばさんから「女性を侮辱している」と抗議の電話が来たんだよ。反省はしているけどね。

会心の一作！

染めたのか
染められたのか
夫婦愛

【編集部まとめ】映画にでもなりそうな人生を歩まれ、今は穏やかに暮らす宮坂さん。シルバーネットの投稿歴は20年以上！　レジェンドとしてこれからも投句者の憧れの存在でいてください。

10年前に妻を亡くしてから一人暮らし。いつ寝ようと起きようと朝から飲んでいようと、誰も文句を言う人がいないのは良いね……。酒は日本酒、ビール、ウイスキー、焼酎なんでもOK。

枯れ葉でも
火がつきゃ燃えそな
恋もある

宮脇和恵（95歳）

くさい仲
書かれて婆《ばば》は
跳ねとんだ

久慈レイ（93歳）

元気だよ
声張り上げる
電話口

佐藤 清（93歳）

また来るね
娘《むすめ》手をふり
まどごしに

森下としへ（93歳）

日々好日
余生《よせい》大事に
生きてます

狗飼艶子（92歳）

歩こうよ
空は晴ればれ
年齢《とし》忘れ

西村季芳（96歳）

長生きの
コツはのんびり
暮らすこと

千石 巌（92歳）

GOTO《ゴートゥー》を
ゴートーと読む
ヘソ曲がり

白木幸典（91歳）

大運を
自然に逆らい
逃がす俺

小林國男（98歳）

腹へった
食えど食えど
底無しだ

西村季芳（96歳）

老人ホーム
女は強し
男隅《すみ》

白木幸典（91歳）

ホームでは
毎日脳トレ
楽しいよ

天野ハル（90歳）

今日もまたホームの美女（？）と遊技する

白木幸典（91歳）

老いてなお
短気は損気
おら知らん

白木幸典（91歳）

食べるのは
何時《いつ》もおそいが
完食だ

森下資郎（95歳）

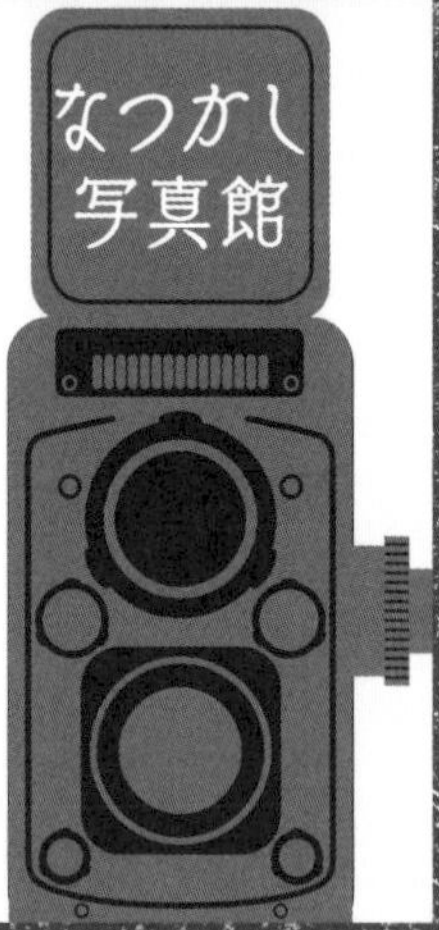

あの頃みんな若かった!

激動の昭和30年代〜40年代。
あなたはどうされていましたか?
象徴的な出来事とともに
ちょっと振り返ってみましょう。

みんなの憧れ! 三種の神器

1955(昭和30)年頃

電気洗濯機、電気冷蔵庫、テレビが「三種の神器」と呼ばれた。1953年1月、わが国初のテレビ(シャープ製)がさっそうとデビュー! 価格は175,000円。翌月2月にNHKが1日4時間のテレビ放送を開始。

日本初の「トランジスタラジオ」が発売されたのもこの年よ! 高価だった白黒テレビは大家さんの家で見せてもらっていたわ。

太陽族ブーム

1956（昭和 31 年）の日活映画『太陽の季節』。若い世代の生態を描き反響を呼んだ石原慎太郎の同名の小説（芥川賞受賞）の映画化。出演の長門裕之と南田洋子はのちに結婚、おしどり夫婦に。

当時、俺たちみんな「慎太郎刈り」。長めの前髪を額にかけて脇はすっきりと刈り上げた慎太郎さんの髪型をしているとモテたんだよ。

1956（昭和31）年

チキンラーメン、誕生！

日清食品創業者の安藤百福が終戦直後の大阪・梅田の闇市でラーメン屋台に並ぶ行列を見て、「もっと手軽にラーメンを」と開発した。初代チキンラーメンは 85 グラム入り 35 円。

チキンラーメンで「ラーメン」という呼び名が全国区に！お湯をかけるだけで出来上がりという手軽さと美味しさで大ヒットしたんだ。

1958（昭和33）年

1965（昭和40）年〜

巨人軍、黄金時代

読売ジャイアンツが V9 達成（1965 年〜 1973 年）！ 王貞治・長嶋茂雄という二人のスーパースターに加え、森昌彦・柴田勲・高田繁・土井正三・堀内恒夫といった名選手が揃っていた。

テレビ中継が普及すると、巨人軍が爆発的な人気になったんだ。当時の子供の好きなものといえば「巨人・大鵬・卵焼き」だった。

ボーリングが大人気に！

中山律子、須田開代子などの女子プロ誕生で一気にテレビのボウリング番組が増えて、ボウリングがブームに。当時ボウリング場は全国に 3880 センターを超えていたという人気ぶり。

「リツコさん、リツコさん、な・か・や・まリツコさん♪」CM ソングが流行った律子選手に憧れて、マイボール、シューズをそろえて練習したわ！

1971（昭和46）年頃

あの頃みんな若かった！

ビートルズ初来日！！

6月29日に初来日したビートルズのブームは全世界で爆発的だった。ビートルズは初めて日本武道館でコンサートを行ったロックバンドでグループサウンズの流行の発信元ともなった。

ビートルズは映画館に見に行ったわ。これ以降、ビートルズとしての4人では、二度と日本に来なかったのよ。本物に会いたかったなぁ。

1966（昭和41）年

超能力者ユリ・ゲラー現る

人気番組「11PM」等でスプーン曲げやテレビの画面を通じて念力を送り止まっていた時計を動かす等のパフォーマンスを披露。超能力ブームの火付け役に。

テレビ画面から送られてきたユリ・ゲラーの念力でスプーンをぐにゃぐにゃに曲げた子がいた。私も必死にスプーンの柄をこすったわ！

1974（昭和49）年頃

ハイセイコー、活躍!!

国民的アイドルホースで、第一次競馬ブームの立役者。地方競馬出身で「地方から這い上がった野武士が貴公子に挑む」というストーリーがあり、地方出身者がハイセイコーに夢を託した。

1973（昭和48）年～

昭和の怪物といわれたハイセイコー！　名曲「さらばハイセイコー」でも国民みんなの心に残った競走馬だった。

1972（昭和47）年

ニイハオ！　カンカン、ランラン

日中国交正常化の記念に友好の証として中国から日本にプレゼントされたパンダ。雄がカンカンで雌がランラン。上野動物園の２頭のパンダはあっという間に日本中のアイドルになった。

上京する機会にパンダを一目みようと長蛇の列に並ぶこと３時間。パンダの前に到着した時にはぐっすり寝ていてガッカリ（笑）

あの頃みんな若かった!

札幌オリンピック、スキージャンプで金・銀・銅!

北海道札幌市で2月3日から2月13日まで行われた冬季オリンピック。スキージャンプ70m級で日本人選手が1位2位3位と表彰台を独占する快挙を成し遂げた。

1972(昭和47)年

大会のテーマ曲となったトワ・エ・モワが歌った『虹と雪のバラード』が忘れられない。口ずさんでは、感動をかみしめていたわ。

これ以後、日本のジャンプ陣が「日の丸飛行隊」と呼ばれるようになったんだ。同じ日本人として、誇らしかったね。

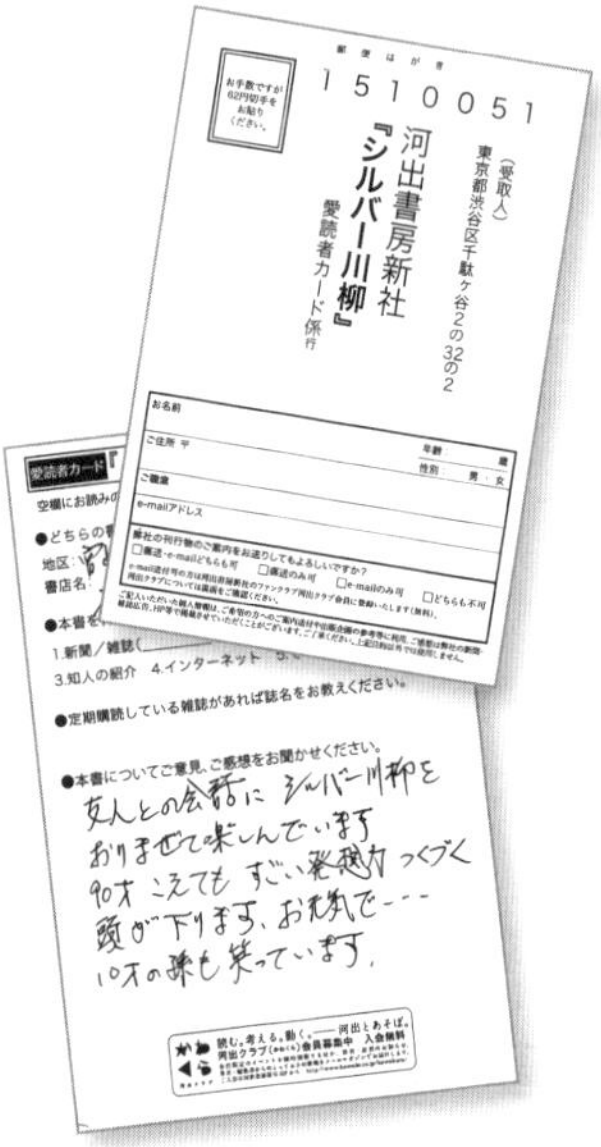

皆さんからのお便り広場

本にはさまっている「愛読者はがき」や、句のご投稿はがきに記された皆さんからの感想コメント！　川柳を楽しまれているそれぞれのシーンが浮かび、思わずほっこりするものばかりです。ここでほんの一部をご紹介します。

90歳以上の方々、お元気でうれしい限りです。主人は88歳ですが、時にサバをよんで90歳と話してます。私もこの頃忘れ物が多い。句が浮かんできました。

「この頃は　少しはって　起き上がる」

「毎朝の　新聞の切り抜きから　説明する」

「話し中　歳をきかれて　サバをよむ」

F・Mさん　82歳

私にも92歳になる母がいます。入院してその後、老健に入って、今はコロナで面会もできずにいます。ふと立ち寄った書店でこの本をみつけて、思わず笑ってしまい一気に読みました。母にもぜひ読ませてあげたい。次回も楽しみです。

A・Hさん　61歳

『超シルバー川柳　あっぱれ百歳編』読みました。達人インタビュー、久慈レイさん。「女は死ぬまで女、男も死ぬまで男!!」忘れないようにメモ……五・七・五に……。やはり川柳はウフフと笑えるものがいいですね。私も一句。『来世もと　プロポーズされ　揺れ動く』。

E・Rさん　82歳

皆様の作品を手本にしながらご近所の友人と川柳、頑張っています。時々投稿させてもらっていますが、いつの日かシルバー川柳本に載ることを目標に、主人を介護しながら川柳を楽しんでいます。

Y・Mさん　75歳

陰ウツな世相の中で厄介者扱いの多い老人に、ゆかいな人が多く存在するのを見て、日本は大変に良い国だと改めて思いましたよ。

H・Tさん　87歳

老人たちに回し読みしています（老人会のメンバー他）。

K・Oさん　79歳

遠方の市で老人ホームに入所している姉（10年前つれ合いに先立たれ、一人暮らしをしています）に、何か差し入れをと探している時にみつけた本でした。字も大きく内容も楽しめそう。よいプレゼントになります。

I・Kさん　79歳

入院中だったので時間たっぷり。笑えて納得できて…ウンウンとうなづいたり夫婦で「これ有りだね」と笑えてよかったです。

N・Nさん　80歳

目が悪くなり、字が大きくかんたんなところがよい。重い本は大変。シルバー川柳はよく読みます。なるほどと思うことばかりですごく楽しみにしています。

U・Mさん　73歳

俳句や短歌も好きですが、川柳は笑えるのが一番です。気楽に自分流に何とでも言えるのがなにより。他人様の川柳をみるのが今一番の楽しみ。はまってます。

Y・Yさん　88歳

シルバー川柳、ゆかいです。男、女、死ぬまで恋もあり。元気な人は明るい！

H・Nさん　77歳

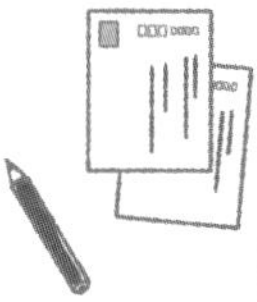

編集部より

超シルバー川柳を読んで、思わず感想欄にご自分の作品も書いてしまう方続出！ 川柳は心のつぶやきみたいなもの。気張らずに心のままに書いてみてくださいね。入院中のお供や、遠方の親しい方にプレゼントというお声もとっても嬉しいです。

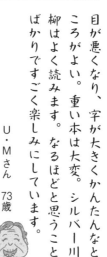

夫やせ一人肥満のプレッシャー

氏家さゆき（92歳）

ウエストのくびれ分は下腹に

宮井逸子（92歳）

立春だ
まださむいけど
ばあがいる

森下資郎（95歳）

只《ただ》今《いま》と仏壇に婆《ばば》顔を入れ

久慈レイ（93歳）

あきらめた
あの世に行った
貯めた金

渡辺健次郎（92歳）

呆《ぼ》けぬうち
へそくりみんな
使っとく

藤瀬誠二郎（90歳）

頑張ると決めた其《そ》の日が出発点

山内賀代（90歳）

ババふたりクロスワードで頭ひねり

波多野安子（96歳）

ケンカやめ相撲《すもう》をおとりヤンチャな子

山内賀代（90歳）

孫達の今日の無事をば祈る婆《ばば》

高橋スマノ（94歳）

ちょっとずつ
自慢する人
聞きあきた

森下としへ（93歳）

つかまえられ
日向ぼっこと
長ばなし

波多野安子（96歳）

目も耳も
友の音《おと》沙《さ》汰《た》
遠くなり

山内賀代（90歳）

目の手術
孫の笑顔が
背中押し

氏家さゆき（92歳）

目の手術
受けてイケメン
多くなり

宮井逸子（92歳）

月明かり
蚊帳《かや》の中より
花を見る

藤瀬誠二郎（90歳）

魚釣り
群れに出会って
竿《さお》投げる

西村季芳（96歳）

介護2が支援1から介護され

波多野安子（96歳）

我が席を他人《ひと》にとられる施設朝《あさ》

久慈レイ（93歳）

ホームでは
見ざる言わざる
逆らわず

天野ハル（90歳）

ホームでの
生活今日も
ひとり言

佐藤 清（93歳）

卒寿きて
最後の宿は
老ホーム

及川和雄（91歳）

眼《め》と眼とで
合図した亡夫《つま》
もう一度

眞野昭子（94歳）

赤い糸
伸びて千切《ちぎ》れて
妻天国

小林國男（98歳）

花道の準備は出来たか
花《はな》柩《ひつぎ》

宮脇和恵（95歳）

救急車
一泊したけど
元気です

佐藤二三子（94歳）

昭和から
皆勤中です
古時計

千石 巌（92歳）

ばぁばにも心ときめく古手紙

木村美与子（96歳）

泣き笑い
流るるままに
百歳迄《まで》

木村紀子（91歳）

運と福
探し疲れて
百近し

宮坂 正（97歳）

聞かれても忘れましたと生年月日

加藤チヨ（101歳）

齢《とし》忘れ
これから恋の
さかりです

加藤チヨ（101歳）

みやぎシルバーネット
一九九六年に創刊された高齢者向けのフリーペーパー。主に仙台圏の老人クラブ、病院、公共施設等の協力を得ながら毎月三六〇〇〇部を無料配布。高齢者に関する特集記事やイベント情報、サークル、遺言相談、読者投稿等を掲載。
http://silvernet.la.coocan.jp/

千葉雅俊　『みやぎシルバーネット』編集発行人
一九六一年、宮城県生まれ。広告代理店の制作部門のタウン紙編集を経て、独立。情報発信で高齢化社会をより豊かなものにしようと、高齢者向けのフリーペーパーを創刊。シルバー関連の講演会などの活動も行う。選者を務めた書籍に『シルバー川柳』シリーズ、『超シルバー川柳』シリーズ（小社）、『シルバー川柳　孫へ』（近代文藝社）。著書に『みやぎシニア事典』（金港堂）などがある。

ブックデザイン	GRiD
イラスト	BIKKE
ご長寿インタビュー	千葉雅俊（文、撮影）
写真（P100〜105）	読売新聞社　産経新聞社
編集協力	毛利恵子（株式会社モアーズ） 忠岡 謙　（リアル）
Special thanks	みやぎシルバーネット「シルバー川柳」読者、投稿者の皆様。 河出書房新社編集部に投稿してくださったシルバーの皆様

90歳以上のご長寿傑作選
超シルバー川柳 毎日が宝もの編

二〇二一年九月二〇日 初版印刷
二〇二一年九月三〇日 初版発行

編者 みやぎシルバーネット、河出書房新社編集部
発行者 小野寺優
発行所 株式会社河出書房新社
〒一五一―〇〇五一
東京都渋谷区千駄ヶ谷二―三二―二
電話 〇三―三四〇四―一二〇一（営業）
〇三―三四〇四―八六一一（編集）
https://www.kawade.co.jp/

組版 GR・iD
印刷・製本 図書印刷株式会社

Printed in Japan　ISBN 978-4-309-02984-9

60歳以上の方のシルバー川柳、募集中！

ご投稿規定

- 60歳以上のシルバーの方からのご投稿に限らせて頂きます。
- ご投稿作品の著作権は弊社に帰属致します。
- 作品は自作未発表のものに限ります。
- お送りくださった作品はご返却できません。
- 投稿作品発表時に、ご投稿時点でのお名前とご年齢を併記することをご了解ください。
- ペンネームでの作品掲載はしておりません。

発表

今後刊行される弊社の『シルバー川柳』本にて、
作品掲載の可能性があります（ご投稿全作ではなく
編集部選の作品のみ掲載させていただきます）。
なお、投稿作品が掲載されるかどうかの個別の
お問い合わせにはお答えできません。何卒ご了解ください。

あなたの作品が本に載るかもしれません！

ご投稿方法

- はがきに川柳（1枚につき5作品まで）、郵便番号、住所、氏名（お名前に「ふりがな」もつけてください）、年齢、電話番号を明記の上、下記宛先にご郵送ください。
- ご投稿作品数に限りはありませんが、はがき1枚につき5作品まででお願いします。

〈おはがきの宛先〉

〒151-0051
東京都渋谷区千駄ヶ谷2-32-2
（株）河出書房新社
編集部「シルバー川柳」係

次号予告

次の第17弾シルバー川柳本は2022年1月ごろ発売予定です!

次巻もお楽しみに♪
バックナンバーも好評発売中です。
〜くわしくは本書の折り込みチラシをご覧ください〜

河出書房新社 Tel 03-3404-1201
https://www.kawade.co.jp/